A bruxa corcunda

Celso Gutfreind

ilustrado por Martina Schreiner

Libretos

Porto Alegre, 2025

Edição
Clô Barcellos

Design
Martina Schreiner

Revisão
Beto Arreguy

Dados Internacionais de Catalogação na Publicação:
Bibliotecária Daiane Schramm – CRB-10/1881

G983b Gutfreind., Celso
A bruxa corcunda. / Celso Gutfreind, ilustrado por Martina Schreiner. – Porto Alegre: Libretos, 2025.
24p.; 15x24cm
ISBN 978-85-5549-081-1
1. Literatura infantil. 2. Bullying. 3. Pensamentos. 4. Violência. I. Schreiner, Martina; il. II. Título.
CDD 028.5
CDU 82-93

Catálogo sistemático
Bullying: CDD 371.782

Libretos
Rua Peri Machado, 222 /B 707
Bairro Menino Deus
Porto Alegre – RS – Brasil
CEP 90130-130

PUXA • PUXA

Raimunda disse que Alice
disse que a bruxa é corcunda:
mais que disse – repetiu
a ofensa para o mundo.

Era um refrão do mal
que ninguém achou legal
e foi bem assim, pessoal:

– Bruxa corcunda!

– Bruxa corcunda!

– Bruxa corcunda!

Alice disse: – eu não disse.
Raimunda disse que sim.
O mundo disse: talvez
fosse verdade ou mentira

(vai saber).

E não ficou só por isso,
Raimunda disse até mais
do que Alice dissera
mais de uma vez para o mundo:

– Sai da mentira, Alice
que disse da bruxa até mais
do que vou dizer agora,
mas eu digo uma vez só:

Raimunda disse que Alice
disse corcunda e imunda,

disse corcunda e iracunda,

corcunda e rubicunda,

corcunda e nauseabunda.

É bullying – disse a Raimunda –
todos sabem onde e quando
viram a bruxa chorando
de ouvir o que era feio

(e bullying é pior que toing
do peteleco de um boeing).

Mesmo que tivessem medo,
foram até o bruxaredo
para falar com a bruxa
do diz-que-diz-que de Alice.

Ela me chamou de lisa? –
a bruxa foi perguntando.

Ela me chamou de limpa? –
a bruxa acrescentou.

Ela me chamou de linda? –
a bruxa continuou.

(um não pra cada pergunta).

Vai ver que disse da fada
dizendo que era de nada.
E foi tanta confusão
se disse tudo isso, ou não.

Aí bruxa e fada juntas
pegaram uns puxa-puxas
junto com a marmelada.

Com Raimunda convidaram
Alice – que estava parada –
para uma ou duas pensadas.

Alice comeu e pensou
e da boca lambuzada
retirou cada palavra

que ali foi saindo como
a água de uma torneira
para limpar o banheiro

(só que estavam no parque).

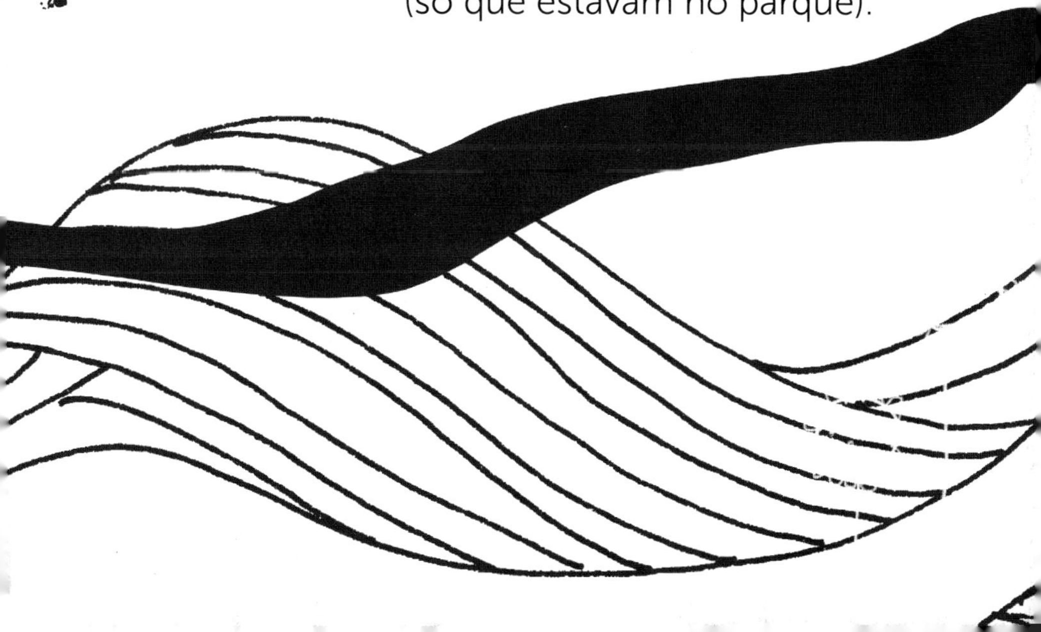

Sumiu a palavra imunda,
sumiu também iracunda
ao lado de rubicunda.

Depois sumiu
nauseabunda –

essas que eram pra bruxa.

Saiu o não era de nada –
esse que era pra fada

(depois nunca mais voltaram).

E só ficou a corcunda,
que essa a bruxa pediu,
porque lá no mundo dela,
corcunda não era bullying.

Pelo contrário (se ouviu),
peluda, corcunda, feia
pra bruxa era elogio,
por ser bem o que ela era.

E a bruxa foi elogiada,
inclusive pela fada.

Celso Gutfreind

Celso Gutfreind já viajou com a bruxinha,
antes mesmo de ela ficar corcunda.
Foi aquela viagem da seriedade à gargalhada
e da feiura à beleza, quando ela conseguiu
até mesmo ficar parecida com a fada.
Foi também pela editora Libretos, na nave
das belas imagens da Martina Schreiner.
Celso já voou com outras personagens
muitos cenários, em 55 livros para crianças
e adultos, da poesia à psicanálise.
Ganhou prêmios como o Açorianos
e a indicação para o Jabuti. Mas pelo assunto,
que é o bullying, essa viagem que faz agora
a bruxinha corcunda, da violência ao
pensamento e na mesma nave, pode ser
a mais importante de todas. É o que ela
mesma diz, do fundo de seu caldeirão,
enquanto prepara o caldo bagunçado para
um mundo menos feio. E até a fada concorda...

Martina Schreiner

Martina Schreiner adora a bruxinha desde que a conheceu. Elas são amigas há tempos, e faz tempo que aprenderam uma coisa: o que parece feio para o olho de um, pode ser bonito para outros olhos. Elas sabem também que a beleza está na forma de ver, e é justamente isso que faz o mundo e as pessoas e as suas histórias ficarem tão legais. Porque da mistura que acontece no caldeirão, pode sair uma sopa ou uma poção mágica. Ou então, pode sair uma marmelada, um feitiço, ou até um puxa-puxa.

Fonte Museu Sans
Miolo Couchê 150 gr/m^2
Capa Couchê 300 gr/m^2
Impressão Pallotti Santa Maria/RS

Setembro de 2025